Marion Irene Zeeck

Jason, das Alpakafohlen

Marion Irene Zeeck

Jason, das Alpakafohlen

Eine Tiergeschichte für Jung und Alt

edition fischer

Bibliografische Information der Deutschen Nationalbibliothek:
Die Deutsche Nationalbibliothek verzeichnet diese Publikation in der Deutschen Nationalbibliografie; detaillierte bibliografische Daten sind im Internet über http://dnb.d-nb.de abrufbar.

Orber Str. 30, 60386 Frankfurt/Main, Deutschland

Schriftart: Baskerville
Herstellung: ef / bf
ISBN 978-3-86455-918-1

Ganze Weltalter voll Liebe werden notwendig sein, um den Tieren ihre Dienste und Verdienste an uns zu vergelten.

Ch. Morgenstern

Dieses Buch widme ich allen Alpakas dieser Erde. Danke, dass ihr uns Menschen eure wunderbare Wolle schenkt und mit eurem zauberhaften Wesen die Tiefe unserer Herzen berührt.

Inhalt

Der Name Jason

Das Alpakafohlen Jason ist nach dem griechischen Sagenheld Jason benannt worden. Sein Name wird daher deutsch ausgesprochen. Der Sagenheld Jason hat die Argonauten angeführt, die mit dem Schiff Argo am Ostufer des Schwarzen Meeres das golden Vlies rauben wollten. Er wurde dabei in viele Abenteuer verwickelt.

JASON, DAS ALPAKAFOHLEN

Der erste Sommer

Hallo, ich bin Jason, das erste Fohlen der Schönberg-Alpakas. An einem warmen Sommertag im Juli wurde ich geboren. Meine Mama (Jessie) und ich haben das ganz alleine hinbekommen. Danach musste ich viel üben. Erst mal den Kopf auf dem langen Hals nach oben halten, dann die Beine zum Sitzen unter den Körper falten. Dann die vier langen Beine sortieren, um aufzustehen, nun nicht umfallen, und dann noch ein Bein nach dem anderen bewegen, um zu laufen. Aber nach zwei Stunden Üben habe ich gelernt aufzustehen, zu laufen und mich auch wieder hinzusetzen.

Als unsere Menschen auf die Weide kamen, haben sie Mama die Wachspfropfen von den Zitzen entfernt und geprüft, ob aus jeder Zitze Milch kommt. Dann haben sie mir geholfen, die Zitzen zu finden. Ich wollte gar nicht, dass sie mir helfen, ich hätte die Zitzen auch alleine gefunden. Aber es war dann sehr stärkend, die erste Milch zu trinken. Diese erste Milch ist für ein Alpakafohlen ganz wichtig, denn sie ist sehr nahrhaft und hilft uns in den nächsten vier Wochen, gesund zu bleiben, bis sich unser Immunsystem richtig entwickelt hat.

Unsere Menschen haben gesagt, sie hätten nie gedacht, dass meine Mama so still steht, um mich trinken zu lassen. Ist doch klar, dass sie stillgestanden hat, sie ist doch meine Mama! Die ersten Tage hat Mama mich nie alleine gelassen. Sie fraß, stand oder lag immer in meiner Nähe und hat alle paar Sekunden gesummt, damit ich wusste, dass sie da war.

Nach einem Tag kam der Tierarzt, um mir zwei Spritzen zu geben, damit ich gesund bleibe. Wäre wirklich nicht nötig gewesen, so fit, wie ich mich fühlte. Nach den Spritzen bin ich schnell zu meiner Mama gelaufen, aber sie hat gesagt, es sei alles gut und ich brauche keine Angst vor dem Tierarzt zu haben. Da bin ich dann noch mal zurückgelaufen, um mir den Tierarzt näher anzuschauen. Der hat sich vielleicht gefreut, dass ich noch mal zu ihm gekommen bin!

Als ich drei Tage alt war, kamen unsere Menschen mit Halftern und Leinen und sagten, dass es einige Regentage geben solle und sie Mama, Tante Witty und mich auf die Weide mit der Hütte bringen wollen, damit wir im Trocknen bleiben können. So haben sie Mama und Tante Witty gehalftert und mir ein Halfter über den Hals gezogen und hinter den Vorderbeinen geschlossen, das war irgendwie komisch, ging aber. So konnten sie mich auch anleinen. Sie hatten wohl Angst, dass ich weglaufe! So mussten wir dann zu dritt von der Weide auf die Straße.

Es war sehr heiß, auch unseren Menschen war es heiß. Im Schatten haben wir immer Pausen gemacht. Sie dachten, wenn sie mich tragen würden, ginge es schneller, aber tragen kommt für ein Alpakahengstfohlen nicht infrage, das habe ich ihnen auch gesagt. Naja, geredet habe ich eigentlich nicht mit ihnen, aber ich habe so gestrampelt, dass sie mich nicht tragen konnten.

Als wir auf der Weide mit der Hütte ankamen, war ich müde und musste mich erst mal ausruhen. Mama blieb immer bei mir. Als ich wieder aufstand, zeigte sie mir die Hütte. Prima Sache, so eine Hütte. Tante Witty fühlte sich auf dieser Weide etwas einsam, Mama und ich nicht, wir hatten ja uns.

Mama ist braun und hat eine weiße Schnauze. Ich bin etwas heller und habe zwei weiße Flecken auf der Schnauze. Tante Witty ist weiß. Sehr schön weiß sogar, aber sie wälzt sich so gerne in Sand und Erde, dass man davon nichts sieht.

Jason und seine Mutter Jessie

Nach ein paar Tagen auf der Weide mit der Hütte kam ein Auto mit einem großen Anhänger auf unsere Weide gefahren. Was da wohl drin ist?, habe ich gedacht. Da stiegen doch tatsächlich Alpakas aus. Ein großes braunes wie Mama, ein großes weißes wie Tante Witty, und ein kleines weißes, ein Fohlen wie ich. Mama und Tante Witty waren sehr empört über die fremden Alpakas auf ihrer Weide. Sie stellten die Ohren nach vorn und hoben drohend den Schwanz. Ich fand das nur sehr spannend. Die großen Alpakas meinten nach einer Begrüßung, die Weide wäre groß genug, um sich erst mal aus dem Weg zu gehen. Schade, ich wollte die Neuen doch so gerne kennenlernen. Habe ich dann auch einfach gemacht! Mama wollte aber nicht, dass ich mit Etienne, dem weißen Hengstfohlen, spiele. Nach drei Tagen hatten wir uns alle aneinander gewöhnt und saßen zu sechst in der Hütte. Etienne und ich durften nach Herzenslust spielen. Ringkämpfe und Verfolgungsjagden sind unsere Lieblingsspiele. Katzen beschnuppern und über die Weide jagen sind auch gut. Fein, dass wir die Katzen Pius und Mia haben, die in unserem Stall wohnen. Inzwischen bin ich sicher, dass unsere Menschen Etienne nur gekauft haben, damit ich einen Spielgefährten habe. Das war die beste Idee, die unsere Menschen in diesem Sommer hatten. Es gibt nichts Besseres als einen Freund zum Spielen. Und wir sind Freunde.

Wenn wir nicht bei unseren Müttern sind, sind wir zusammen unterwegs, fressen, spielen, die Welt erkunden. Die Tanten fühlen sich durch uns immer belästigt. Sie gurgeln und spucken dann, um uns loszuwerden und wir müssen aufpassen, dass wir nicht grün angespuckt werden. Das sieht nicht so toll aus, immer klein gekautes grünes Gras am Kopf kleben zu haben.

Fremde Alpakas auf der Weide

Jasons und Etienne beim Ringkampf

Jason mit Etienne sind Freunde

Der erste Herbst

Nach einigen Wochen nahmen unsere Menschen plötzlich ein Stück Zaun von der Weide weg und luden uns ein, über die Straße auf eine andere Weide zu gehen. Da war ich als Erster mit dabei. Super spannend! Nun hat aber die neue Weide einen ganz anderen Zaun. Das waren nur weiße Bänder. Als ich sie beschnuppern wollte, haben sie gebissen. Erst habe ich das nicht verstanden, aber sie mögen nicht beschnuppert werden und beißen dann. Etienne hat das auch festgestellt. Mama und Tante Witty wussten das wohl schon. Etiennes Mama Eva und Tante Valentina haben sich gar nicht für die Bänder interessiert. Unsere Menschen nennen das Elektrozaun.

Als das Gras auf der neuen Weide schon kürzer wurde, war eines Tages auch dort ein Stück Zaun offen und wir konnten durch ein kleines Wäldchen auf eine neue Weide gehen. Tante Valentina freute sich dort besonders über ein paar dicke Baumstämme, an denen sie morgens immer ein bisschen knabbert. Inzwischen sind die Stämme schon ganz glatt, aber die Bäume stört das nicht.

Zu unseren Weiden müsst ihr wissen, dass wir nur die Weidestücke bekommen, auf denen die Bauern nichts anbauen können, weil sie zu klein oder zu steil sind oder zu viele Bäume und Hecken haben. Für uns ist das sehr vorteilhaft, deswegen haben wir schöne und abwechslungsreiche Weiden mit Hügeln und Aussicht und eben auch die großen Bäume, die wir lieben. Ein großer Baum ist wie ein Zuhause. Er bietet Schutz vor Regen und Sonne und gibt Geborgenheit an seinem Stamm.

Wir bekommen regelmäßig Besuch von unseren Katzen,

Auf dem Weg über die Straße zur neuen Weide

Katze Mia

Kater Pius kommt regelmäßig zu Besuch

von Spaziergängern mit Hunden und Müttern oder Vätern mit Kindern. Das ist immer sehr spannend. Neulich kamen zwei Reiter auf ihren Pferden. Die Pferde hatten im ersten Moment richtig Angst vor uns! Sie wollten auf der Straße nicht mehr weitergehen. Aber dann haben wir uns gegenseitig genau betrachtet. Ich stand ganz nah am Zaun den großen Pferden gegenüber, Etienne kam dann auch und Mama hat auf uns aufgepasst. Nach einer Weile trauten sich die Pferde an unserer Weide vorbei.

Mir macht es großen Spaß, über die Straße auf die andere Weide zu wechseln. Oft renne ich als Erster rüber und komme dann noch mal zurück, dann kann ich noch ein zweites Mal über die Straße rennen. Wenn Etienne nicht mit

Oft stehen die Alpakas nahe am Zaun

mir läuft, sondern bei seiner Mutter ist, gehen die beiden immer als letztes und wir müssen alle auf sie warten.

Neulich, das Laub an den Bäumen wurde schon ganz bunt – schmeckt übrigens super lecker, wenn es frisch zu Boden gefallen ist –, kamen unsere Menschen mit zwei Kindern und hatten Harmony, Shiva, Leonore und Adocamo dabei. Die habe ich sooo lange nicht mehr gesehen, seit wir im Sommer zu der Weide mit der Hütte gebracht worden waren. Etienne kannte die vier ja noch gar nicht. Wir mussten sie alle ausgiebig begrüßen, was diese total lästig fanden, und so sind wir alle über die Weide gerannt. Tante Witty hatte irgendwann von dem ganzen Trubel die Nase voll und ging ganz alleine ans andere Ende der Weide, um ihre Ruhe zu haben. Normalerweise achten wir ja immer darauf, nicht allein zu sein. Deswegen fühlen wir uns jetzt mit acht Alpakas in unserer Gruppe auch viel wohler als vorher. Das merken auch unsere Menschen. Adocamo und Leonore wohnen neben unserer Hütte und haben eine eigene Weide. Etienne und ich begrüßen sie täglich durch den Zaun. Vor allem Adocamo interessiert uns. Er ist irgendwie anders als die Tanten. Na, das werden wir auch noch rausbekommen.

Unsere Menschen sagen oft: »Schau mal, Jason ist schon wieder gewachsen.« – »Ja, aber das meiste an ihm ist Wolle.« Meine Wolle, ja, auf die bin ich mächtig stolz. Sie ist schön mittelbraun (medium fawn nennen das die Alpaka-Fachleute), fein und weich, gewellt und glänzend. Aber das sieht man nur, wenn man sie etwas auseinanderfaltet und in mein Vlies hineinschaut. Wenn der Wind weht, bewegt sich meine Wolle fließend wie Wasserwellen auf meinem Körper. Unsere Menschen finden das sehr schön. Ich liebe meine Wolle, denn wegen dieser schönen Wolle – meinem goldenen Vlies – heiße ich ja auch Jason.

Der erste Winter

Einige Wochen später ist uns dann was passiert: Wir haben nachts in unserer Hütte geschlafen und morgens noch gemütlich wiedergekäut, aber als wir dann auf unsere Weide gehen wollten, da war sie weg. Einfach verschwunden. Wir haben überall nach ihr gesucht. Tante Valentina und Etiennes Mutter konnten es auch gar nicht glauben. Statt unseres schönen Grases und der Kräuter war eine dicke Schicht kaltes weißes Pulver da.

Als unsere Menschen kamen, sagten sie, es habe geschneit. Seitdem sind wir vor allem in unserer Hütte, denn dort ist unser Heu, das wir jetzt fressen. Leonore und Adocamo haben auf ihrer Weide einen großer Heuballen, von dem unsere Menschen uns täglich zwei Schubkarren voll holen. Wir lieben frisches Heu. Sobald die Schubkarre auf unsere Weide kommt, umringen wir sie. Neulich haben wir zu acht aus der Schubkarre gefressen, obwohl das schon sehr eng war. Unsere Menschen waren erfreut, dass wir uns so gut verstehen. Wenn am Sonntag die Sonne scheint, bekommen wir Heu in Wannen auf die Weide gestellt, damit wir die Sonntagsspaziergänger beobachten können.

Es ist uns dann noch etwas Merkwürdiges passiert. Als wir morgens unser Wasser trinken wollten, war es ganz fest und ließ sich nicht trinken. Dann kamen unsere Menschen mit Kanistern und riefen: »Guten Morgen, hier kommt der Warmwasserservice.« Danach war das Wasser dann wieder flüssig und wir konnten trinken.

Eines Nachts, es war schon ganz dunkel und wir saßen alle zusammen auf der Weide, kamen unsere Menschen mit Taschenlampen auf die Weide und sangen uns drei Weih-

Statt Gras, eine dicke Schicht Schnee

Im Winter wird das Heu in Schubkarren gebracht

nachtslieder. Da haben wir die Ohren gespitzt und genau zugehört, denn das war das erste Mal, dass wir Weihnachtslieder gehört haben. Es sind schöne Lieder. Dadurch waren wir die ganze Nacht besonders aufmerksam beim Schlafen, wir haben wunderschön geträumt und gemerkt, dass es eine ganz besonders friedliche Nacht war.

Im Januar bei -15 °C hat einer unserer Menschen beim Heuholen vergessen, das Tor zwischen Adocamo und den Stuten zu schließen. Das hat meine Mama genutzt, um schnell zu Adocamo rüberzulaufen und sich decken zu lassen. Als unser Mensch es bemerkte, war es schon zu spät. Meine Mama ist wieder trächtig und wird im kommenden Winter gegen Weihnachten ein Fohlen bekommen. 11,5 Monate dauert es, bis ein Alpakababy auf die Welt kommt.

Im neuen Jahr, der Schnee war inzwischen weg, kamen unsere Menschen mit Halftern und Leinen zu uns. Sie haben gesagt, dass sie Etienne und mir jetzt das Laufen an der Leine beibringen. Zunächst haben sie meine Mama und Etienne gehalftert und dann sind wir auf ein Stück Weide von Leonore und Adocamo gegangen. Etienne wusste nicht so richtig, was eigentlich los war und Mama fand es blöd, auf der Weide geführt zu werden. Ich aber fand es super spannend und bin vor Freude immer um die beiden rumgerannt, habe Etienne angerempelt und bin wie ein Blitz über die Weide gefegt.

Am nächsten Tag wurden Etienne und Mama wieder gehalftert. Jetzt hatte Etienne schon verstanden, worum es ging. Ich war aber wieder ganz aus dem Häuschen und bin um die beiden rumgeflitzt. Dann habe ich auch ein Halfter bekommen und durfte mit Mama auf die Weide, die den Kühen gehört, die im Winter aber im Stall sind. Das war toll! Auf der Weide von den Kühen gab es so viel Neues zu sehen und ich bin doch so neugierig.

Im Winter auf der Weide

Danach sind wir regelmäßig am Wochenende spazieren gegangen. Mama und ich, Etienne mit seiner Mutter und noch weitere von uns, wenn genug Menschen da waren zum Führen: immer ein Mensch und ein Alpaka. Die Menschen können auch kleine Menschen sein, aber sie müssen genug Kraft haben und schnell genug sein, besonders, wenn sie mich führen und ich gerade mal einen Freudenspurt machen muss. Spazierengehen ist so spannend und schön. Sonst laufe ich aber auch brav mit den kleinen Menschen. Auf einem Spaziergang kann man immer wieder was Neues erleben, über das man dann länger nachdenken kann. Deswegen seien wir nach einem Spaziergang immer alle sehr ruhig und ausgeglichen, sagen unsere Menschen.

Alle paar Wochen taut der Schnee mal weg. Wir gehen glücklich ein paar Tage auf die Weide, aber dann schneit es auch schon wieder. Anfang März war der Schnee mal wieder weg und wir waren den zweiten Tag auf der Weide und dabei, die letzten Millimeter Gras zu suchen. Deswegen haben wir auch gar nicht bemerkt, dass Eva (Etiennes Mutter) in der Hütte geblieben ist. Als wir dann einige Stunden später zur Hütte zurückkamen, war Eva nicht alleine. Neben ihr saß ein ganz kleines Alpaka mit einem rotschwarzen Mäntelchen. Das haben wir alle erst mal beschnuppert und begrüßt. Nach einer Weile ist es aufgestanden. Das hatte vielleicht lange Beine! Und dann hat es bei seiner Mama Eva getrunken. So, wie ich das auch gerne mache, aber Mama meint inzwischen, ich wäre zu alt, um noch bei ihr zu trinken. Etienne hat gemerkt, dass das Kleine zu seiner Mama gehört, und weil er seine Mama lieb hat, hat er auch das kleine Alpaka (Estella heißt es) lieb.

Die anderen Stuten, vor allem Shiva, Tante Witty und Harmony, haben Angst vor Estella. Wenn Estella ankommt, springen sie erschrocken zu Seite, spucken und treten, damit Estella sie bloß nicht anknabbert. Denn sie knabbert an allem! Meine Mama und Tante Valentina schieben sie mit dem Kopf zurück zu ihrer Mama Eva. Die ersten drei Tage haben unsere Menschen die ganze Zeit aufgepasst, das Estella nicht »unter die Räder«, besser gesagt, zwischen die Stuten gerät. Danach war alles in Ordnung, keine hatte mehr Angst vor Estella.

An einem schönen Frühlingssonntag, an dem es ganz warm wurde, waren unsere Menschen da und haben Estella festgehalten und plötzlich war sie ganz weiß. Unglaublich, was war denn das? Jetzt mussten wir alle an ihr schnuppern. Dann kam unsere Katze Mia vorbei und nun gab es eine Pro-

Eva und Estella mit Mäntelchen und Halstuch

zession über die ganze Weide. Vorweg die schwarze Katze Mia, dahinter die weiße Estella und dahinter in Zweierreihen acht große Alpakas (Etienne und mich rechne ich da auch zu den großen), die an Estella schnuppern wollten, weil sie so neu aussah und wir nicht sicher waren, ob es wirklich noch unsere kleine Estella war. Unsere Menschen haben es sehr bedauert, keinen Fotoapparat dabeizuhaben. Abends, als es kühler wurde, sah Estella dann wieder wie immer aus, mit ihrem rotschwarzen Mäntelchen und ihrem Halstuch. Aber jetzt wissen wir: In Wirklichkeit ist sie ganz weiß!

Langsam wurde es immer wärmer und wir durften ab und zu auf unsere große Weide zum Grasen. Das war nach dem langen, schneereichen Winter eine Freude. Aber damit

Estella flitzt über die Weide

Winterstimmung

wir keinen Durchfall von dem saftigen Gras bekommen würden durften wir immer nur für ein paar Stunden dorthin. Jetzt haben Etienne und ich richtig viel Wolle und sehen daher ganz rund aus. Wenn es mittags schön warm war, haben Harmony und manchmal auch Tante Witty sehr gelitten und im kühlen Stall gesessen. Es war ihnen viel zu warm. Da taten sie uns leid, sie konnten das schöne Wetter gar nicht genießen.

Estella und Jason mit ganz viel Wolle

Der erste Frühling

Ihr habt wahrscheinlich schon bemerkt, dass bei uns immer einige Wochen nichts Besonderes los ist und dann plötzlich etwas passiert. So kam Ende April ein Tag, an dem außer unseren Menschen noch eine Frau auf die Weide kam. Sie hatte eine Schubkarre voll Sachen dabei und da hörte ich die großen, erfahrenen Alpakas flüstern: »Oh je, jetzt kommt die Schererin, jetzt wird geschoren.« Und sie haben etwas besorgt, aber auch erleichtert ausgesehen. Was das hieß habe ich nicht verstanden.

Zuerst wurden wir alle mit Futter in unser kleines Gehege geholt. Dann wurde Harmony gehalftert und hinausgeführt. Sie wurde hingelegt, es gab so ein komisches Geräusch von einer Maschine und es entstanden schwarze, luftig leichte Wollberge. Harmony wurde zwischendrin umgedreht und am Ende stand sie wieder auf, war ganz schlank und tiefschwarz.

Also, das heißt scheren. Ihre ganze Wolle war in zwei Säcken und Harmony sah aus wie neu und so schön schlank und grazil. Danach kam Tante Witty dran, dann noch Shiva und dann, huch, wurde ich geholt – oje, oje, ich werde geschoren! Scheren ist blöd, das kann ich jetzt sagen. Am Ende habe ich mich einfach davongemacht, deswegen habe ich am rechten Bein unten noch viel Wolle. Sonst war ich fertig. Aber danach, kann ich euch sagen, ist das ein tolles Gefühl: schlank und luftig und ich bin viel flinker und beweglicher als vorher. Also geschoren sein ist eine tolle Sache. War doch gut, dass die Schererin da war. Die anderen von uns kommen erst in vier Wochen dran, hat sie gesagt, aber die haben auch noch nicht so geschwitzt.

Etienne ist bei uns ausgezogen und lebt jetzt mit Ado-

Geschoren liegen die Alpakas in der Sonne

camo zusammen. Dafür ist Leonore jetzt bei uns. Sie genießt es sehr in der Stutengruppe. Etienne und Adocamo haben in den ersten Tagen viele Ringkämpfe miteinander gemacht und immer versucht, sich gegenseitig in die Beine zu beißen. Aber da beide wie Wollknäuel aussehen, haben sie immer nur Wolle im Maul gehabt und sich nicht wirklich beißen können. Für drei Wochen sind die beiden dann auf eine Weide umgezogen, von der aus sie uns nicht sehen konnten, damit sie sich besser aneinander gewöhnen. Das hat auch gut gelappt.

Nachdem Etienne jetzt nicht mehr da ist habe ich mich mit Estella angefreundet. Wir sind jetzt viel miteinander unterwegs, laufen und springen zusammen.

Dann kam die Schererin wieder. Estella wurde auch ein bisschen am Körper und am Hals geschoren. Sie sieht jetzt sehr nett aus mit ihren wolligen Beinen, dem flauschigen Köpfchen und dem schlanken Körper. Als sie fertig war, konnten wir gemeinsam frei rumlaufen und beim Scheren zuschauen und an der rumliegenden Wolle schnuppern und wir haben meiner Mama gut zugeredet, als sie geschoren wurde, sie jammerte dabei nämlich leise vor sich hin. Estella hat sich sogar eine Weile neben die Schererin gesetzt, um besser sehen zu können, was passiert, und mich hat die Schererin geknuddelt, weil ich so süß aussehe, wie alle sagen.

Am Tag nach dem großen Scheren durften wir auf unsere Elektroweide mit dem kleinen Wäldchen, damit wir uns keinen Sonnenbrand holen. Also ich ja nicht mehr, aber die frisch geschorenen von uns müssen noch etwas aufpassen. Auf dieser Weide gibt es großen Löwenzahn, die Blütenstängel sind 30 bis 50 Zentimeter lang, sie schmecken super und geben beim Daraufbeißen so ein frisches, knackendes Geräusch. Auch Estella frisst diese riesigen Stängel mit Vorliebe. Unter den großen alten Bäumen fühlen wir uns sehr wohl. Zwischendrin liegen wir alle in der Sonne und genießen es, geschoren zu sein. Und dann warten wir alle, besonders unsere Menschen, auf die Fohlen von Harmony, Tante Witty und Shiva. Die drei machen es wirklich sehr spannend, sehen richtig rund aus, aber lassen uns alle warten.

Am Pfingstsamstag hat Harmony den ganzen Vormittag gesummt. Wir wussten wirklich nicht, was los war, unsere Menschen auch nicht. Und dann, gegen Mittag, fiel plötzlich hinten aus Harmony ein kleines Alpaka raus. Das war eine Freude, ganz schwarz war es, und nun hat Harmony erst richtig losgesummt in allen Tonlagen. Je weiter das Fohlen weg war, umso höher waren die Töne. Sie macht ihrem Namen Harmony wirklich alle Ehre, so vielfältig summt hier kein anderes Alpaka in unserer Herde. Heidi heißt das Fohlen.

Witty mit Wolke

Harmony und Heidi mit Jason, ganz in schwarz

Am Pfingstsonntag ging es Tante Witty nicht so gut, unsere Menschen fanden sie mittags in einer Ecke der Weide, haben sie zur Hütte gebracht, und unseren Tierarzt geholt, der mit einem Wundermittel namens Akupunktur ihr Fohlen auf die Welt gebracht hat. Nach ein paar Stunden kam sie dann mit ihrem weißen Fohlen, Wolke heißt es, zu uns auf die Weide. Wir haben sie alle freudig begrüßt. Harmony war erst irritiert, denn jetzt gab es noch ein Fohlen, aber dann hat sie gemerkt, dass das neue Fohlen weiß und ihr eigenes Fohlen ja schwarz ist.

Jetzt geht es uns richtig gut, so viele Fohlen und glückliche Alpakamütter. Nur unsere Shiva war noch etwas zögerlich beim Begrüßen der kleinen Fohlen, das würde sich aber ändern, sobald sie ihr eigenes hatte. Und das kam dann auch tatsächlich Mitte Juni, es ist auch weiß und heißt Samira.

Die Fohlen lieben es, die Katzen Pius und Mia zu bestaunen und zu jagen, genau wie Etienne und ich im letzten Jahr.

Wolke und Heidi bestaunen Pius

JASON WIRD ZUM JUNGHENGST

Der zweite Sommer

Da bei der Hütte für uns alle nicht genug Gras war, sind wir Größeren auf eine Sommerweide umgezogen. Dort gab es große Bäume, unter denen wir uns in den Schatten legten konnten, eine große Plane, unter die wir uns bei Regen setzten konnten und nebenan lustige Puten. Die Weide ist sehr steil, sodass wir von oben einen herrlichen Ausblick haben.

Als das Gras auch dort knapper wurde, sind wir wieder umgezogen. Jetzt haben wir wieder einen kleinen Stall, einen tollen Wälzplatz mit feiner Erde und was das Beste ist, einen Gullideckel mit Aussicht. Wer auf dem Gullideckel steht oder sitzt, hat den Überblick. Deswegen ist der Platz auch heiß begehrt.

Eva mit ihrem Fohlen Estella, Etienne und ich wohnen jetzt auf dieser Weide. Wir machen viele Kämpfchen, Estella mischt dabei kräftig mit und Eva schaut, dass es nicht zu wild wird. Als Nachbarn haben wir jetzt Pferde. Die anderen, die bei unserer Hauptweide mit der Hütte sind, warten jetzt auf Leonores Fohlen, das Mitte August auf die Welt kommen soll. Das ist immer so spannend.

Und dann kam es auch, Lara, ein weißes Stutfohlen. In den ersten Tagen hat Lara noch viel geschlafen, aber inzwischen ist sie sehr munter und fröhlich und viel mit den anderen drei Fohlen gemeinsam unterwegs. Manchmal machen sie Wettrennen über die ganze Weide. Leonore ist eine sehr gutmütige Mutter, sie lässt auch Wolke, die immer Hunger hat, ab und zu mittrinken. Dann steht sie ganz versonnen da und lässt die beiden trinken. Leonore wird zweimal am Tag besonders gut gefüttert, damit sie genug Milch hat.

Leonore und das neugeborene Fohlen Lara

Leonore lässt Lara und Wolke trinken

Der zweite Herbst

Jetzt wird es Herbst. Es war schon manchmal nachts sehr kalt, ab und zu regnet es mehrere Tage. Wenn wir uns dann erst nassregnen lassen und dann in Erde wälzen, sehen wir aus wie paniert. Aber innen drin ist unsere Wolle trocken, sauber und wärmend, sodass wir nicht frieren müssen. Wollt ihr mal in Etiennes Wolle reinschauen? Innen ist sie ganz sauber, glänzt und hat schöne Wellen, Crimp nennt man das. Dieser Crimp ist wichtig, damit die Pullover oder Bettdecken, die aus der Wolle gemacht werden, leicht, weich und wärmend sind. Durch den Crimp kommt Luft zwischen die einzelnen Fasern.

Unsere Elektroweide wird ab und zu verändert und so haben wir immer wieder frisches Gras aber leider kaum Äpfel, denn die Bäume mit den Äpfeln werden immer ausgespart, sodass wir dort nicht hin können. Wegen des vielen Zuckers und der Fruchtsäure sollen wir keine Äpfel essen, weil das unserer Verdauung nicht guttut. Unsere Menschen haben gesagt, wenn es anfängt zu schneien und richtig Frost gibt, dann kommen wir wieder zurück zur Hütte neben die Stuten und die Fohlen. Darauf freuen wir uns jetzt schon sehr. Endlich können wir dann alle anderen wiedersehen, die Fohlen sollen schon sehr groß geworden sein.

An einem Sonntag wurden wir dann auch alle wieder zurückgebracht. Estella bekam ihr Führgeschirr um, da ihr Köpfchen noch zu klein ist um ein Halfter aufzusetzen, und ist mit feinen Schritten immer hinter mir hergetippelt. Eva und Etienne, die eher lauffaul sind, zuckelten hinterher. So kamen wir langsam, aber stetig vorwärts. Nach einer Weile merkten wir, dass es zur Hütte ging, da sind wir dann sehr schnell das letzte Stück gelaufen. Das war eine Wiederse-

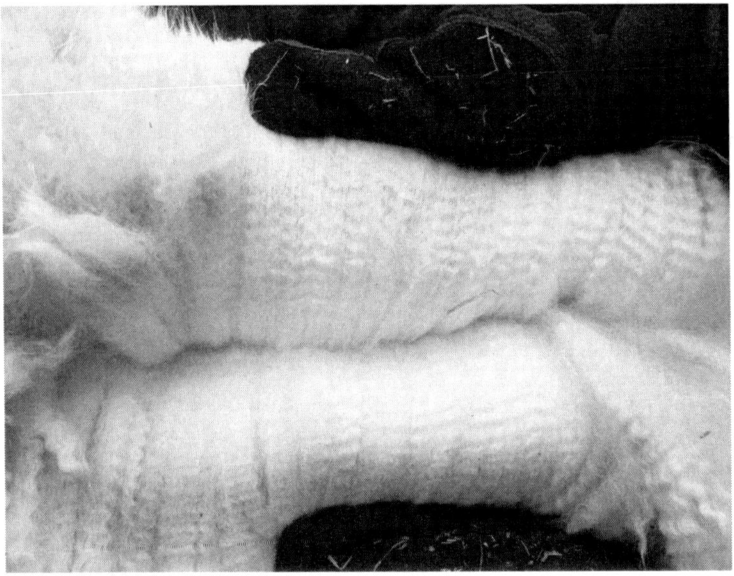

Ein Blick in Etiennes Wolle

Auf dem Weg zur Hütte

Begrüßung am Zaun

Wer ist hier stärker?

hensfreude, als wir an die Weide zu den anderen Alpakas kamen. Da gab es doch fast »Leinensalat«, weil jeder jeden durch den Zaun beschnuppern und begrüßen musste.

Der zweite Winter

Adocamo ist inzwischen umgezogen, er ist jetzt bei einer Familie, die Spaziergänge mit Alpakas in einer Ferienregion anbietet. Etienne und ich wohnen jetzt neben der Gruppe mit den Stuten. Wir können sie jeden Tag durch den Zaun begrüßen, aber nicht zu ihnen rüber. Wir sind Freunde, aber ab und zu müssen wir feststellen, wer von uns der Stärkere ist. Das ist nicht so einfach, weil wir meist gleichstark sind.

Danach habe ich verstanden, was ein Jahr ist. Wisst ihr das? Ein Jahr ist vorüber, wenn Erlebnisse, die man schon einmal hatte, wiederkommen. Deswegen erzähle ich euch jetzt, was sich bei uns wiederholt hat und was Neues passiert ist.

Kurz nachdem wir zu den anderenzurück gekommen sind, war unsere Weide wieder unter einer Decke von weißem Pulver verschwunden. Die Fohlen (Estella, Heidi, Wolke, Samira, Lara) haben noch nach ihrer Weide gesucht, aber wir wussten jetzt schon: Das ist Schnee und er taut irgendwann wieder weg.

Meine Mama (Jessie) wurde immer runder und schwerfälliger. Am Tag vor Weihnachten stand sie nachmittags viel auf dem Kotplatz rum. Als es schon dunkel war, gingen alle Alpakas außer Jessie aus dem Stall raus. Wir konnten von nebenan nicht so recht sehen, was los war. Dann kamen unsere Menschen, riefen, das Fohlen sei da, warfen das Stromaggregat an und haben lange und ausgiebig das kleine Fohlen gefönt. Der kleine heißt Juri Noël (mein Halbbruder), ist

Jason und Etienne warm in Alpakawolle verpackt

Juri Noël, der Halbbruder von Jason

weiß, hat aber dunkle Haut und ein rotschwarzes Mäntelchen an, wie Estella letztes Jahr.

Am nächsten Abend kamen unsere Menschen wieder und haben uns Weihnachtslieder gesungen. Da haben wir wieder alle aufmerksam die Ohren gespitzt, besonders die Fohlen, die das zum ersten Mal gehört haben. Danach begann wieder diese ganz besonders friedliche Nacht. Schön, dass sie jedes Jahr wiederkommt.

Im Januar begann für die Fohlen das Halfter- und Führtraining. Manche haben es sofort verstanden, andere brauchten etwas länger. Wenn man schön mit den anderen in einer Reihe läuft und nicht bockt und zerrt, spürt man kaum, dass man an einer Leine ist, und kann den Ausflug und die neuen Eindrücke einfach genießen. Ab und zu durften Etienne und ich auch üben und haben den Spaziergang sehr genossen. Meist mussten wir dabei durch Schnee stapfen.

Juri ist sehr unternehmungslustig und darf täglich, wenn unsere Menschen da sind, einen kleinen Ausflug zu Etienne und mir ins Gehege machen. Wir beschnuppern ihn und spielen etwas mit ihm. Nach einigen Wochen fraß er neben uns am Heu und marschierte dann nach einer Weile stolz wieder zu seiner Mama zurück, so, als wollte er sagen: Schau mal, wie groß und selbständig ich schon bin. Da er trotz der Kälte kräftig wuchs, brauchte er den rotschwarzen Mantel bald eine Nummer größer.

Der zweite Frühling

Als wir uns dann richtig an Heu und Schnee gewöhnt hatten, wurde es Frühling. Das Gras fing wieder an zu wachsen und Juri durfte nach vielen Wochen endlich ohne Mäntelchen laufen. Das war eine Überraschung, als er ausgezogen wurde, da mussten wieder alle an ihm schnuppern, was er ganz lästig fand. Er ist weiß und hat einen hellbraunen Streifen auf dem Rücken, der bis zum Schwanz geht. Wegen des Mäntelchens konnten wir das bisher ja nicht sehen.

Unsere Menschen haben im Februar eine Woche Urlaub gemacht, da wurden wir von einer jungen Frau und ihrem vierjährigen Sohn versorgt. Die haben das richtig gut gemacht. Der Junge wusste nach ein paar Tagen genau, was zu tun ist. Die Stuten und Fohlen hat er sogar mit einem quer vor den Eingang der Hütte gelegten Zollstock eingesperrt. Da haben sich die Stuten und Fohlen nicht mehr rausgetraut und unsere Menschen mussten sehr lachen.

Im März ist Shakira bei den Stuten eingezogen, da haben Etienne und ich Augen gemacht. Sie hat die gleiche Fellfarbe wie ich und ist sehr groß. So eine schöne Stute. Im April wurden die Fohlen vom letzten Sommer, die jetzt wünschen, dass ich sie als Jungstuten bezeichne, und die Stuten, die in diesem Jahr kein Fohlen bekommen werden, nach und nach in mehreren Spaziergängen auf die Weide namens Halde gebracht, das ist die mit dem Gullideckel mit der schönen Aussicht.

Dort sind jetzt verschiedene Weidestücke mit Elektrozaun eingezäunt. Elektrozaun ist schneller auf- und abzubauen als fester Zaun und flexibel arrangierbar. Weil aber unter dem Zaun sehr oft gemäht werden muss, damit das Gras nicht an die Elektrokabel kommt, können unsere Menschen sich einen schicken Rasentraktor ausleihen.

Im Mai kam die Schererin wieder zum Scheren, es gab Berge von Wolle in allen Farben und wir waren wieder richtig flott, leicht und sommerfein. Leider hat es an den Tagen vor dem Scheren geregnet, sodass wir alle soweit möglich

Juri hat Hunger

Juri ohne Mäntelchen

Mit dem Rasentraktor wird das Gras gemäht

Erle

eingesperrt werden mussten. Trotzdem war unsere Wolle beim Scheren noch leicht feucht. Daher lag dann zwei Wochen lang die ganze Wohnung unserer Menschen mit ausgebreiteter Wolle voll, damit sie trocknen konnte. Pro Zimmer eine Farbe. Alpakawolle ist sehr kostbar, denn sie ist sehr fein und weich. Dadurch wärmt sie, ohne zu kratzen, und ist auch für Menschen geeignet, die Schafwolle nicht vertragen. Unsere Menschen lassen von unserer Wolle Handstrickgarn in verschiedenen Farben herstellen. Die weiße Wolle wird dann zum Teil noch mit Pflanzenfarben von Hand gefärbt. Ganz besonders beliebt ist auch die schwarze Wolle. Sie hat einen wunderschönen Glanz.

Kurz nach dem Scheren wurde das erste Fohlen geboren, es heißt Erle und ist das dritte Fohlen von Eva. Seit dem letzten Herbst konnte man feststellen, dass es Eva richtig gut ging, sie stand aufrechter und stolzer als vorher. Eva wurde in Australien geboren. Als sie trächtig war, kam sie für sechs Monate nach Neuseeland, wo sie Etienne auf die Welt gebracht hat. Dann wurde sie zusammen mit Etienne und anderen Alpakastuten und Fohlen mit dem Flugzeug nach Holland gebracht und von dort nach Deutschland. Dort haben unsere Menschen sie kennengelernt. Wenn ein Mensch sich in die Hocke setzt, kommt Eva häufig angelaufen und hält ihre Schnauze dem Menschen ganz nah an die Backe und pustet ihn sanft an. Mit diesem Alpakapustekuss, wie unsere Menschen ihn nennen, hat Eva die Herzen unserer Menschen erobert, sodass sie sie zusammen mit Etienne gekauft haben. Nach diesen vielen Reisen hat Eva gut ein Jahr gebraucht, um sich richtig zu erholen und zu Hause zu fühlen. Und so war jetzt Erle ein kräftiges Fohlen, das prächtig gedeiht, nachdem Etienne und Estella recht klein waren.

Der dritte Sommer

Vier Wochen später kam das zweite Fohlen, es heißt Halina und ist ganz schwarz. Es ist das zweite Fohlen von Harmony. Es ist recht scheu, entwickelt sich aber prächtig. Wenn es seine Ohren aufstellt, die etwas nach innen gebogen sind, sieht es ein klein wenig nach einem Lama aus.

Vier Tage später bekam Tante Witty ihr Fohlen, es wollte wieder pünktlich zur Mittagszeit auf die Welt, brauchte aber wieder den Tierarzt mit dem Wundermittel namens Akupunktur. Es heißt Wallenstein und ist weiß. Nach vier Tagen bemerkten unsere Menschen, dass Wallenstein nicht wie am

Wallenstein

Anfang von Tag zu Tag munterer, sondern immer ruhiger wurde. Da haben sie ihn gewogen und festgestellt, dass er nicht mehr zu nimmt. So haben sie ihm das Trinken aus einem Fläschchen beigebracht und Tante Witty vom Tierarzt behandeln lassen. Am Anfang bekam Wallenstein sieben Flaschen Milch pro Tag. Nach fünf Wochen hat er schon kräftig Gras gefressen und konnte auch wieder gut bei seiner Mutter trinken, sodass vier Flaschen pro Tag ausgereicht haben. Unsere Menschen sagen, er bekomme jetzt eine gute Mischkost aus Muttermilch, Gras und Flaschenmilch, so kann er groß werden.

Noch mal zwei Wochen später bekam Shakira ihr Hengstfohlen Schoko. Schoko sieht aus, wie sein Name sagt, wächst auch kräftig und gut und ist ziemlich frech und munter, sodass Wallenstein ihn manchmal mit kräftigem Grunzen und Spucken zurechtweisen muss. Es sieht sehr süß aus, wenn ein so kleines Fohlen schon spuckt, finden unsere Menschen. Wenn es Zeit zum Schlafen ist, legt sich Schoko immer direkt neben seine Mutter. Damit sind für dieses Jahr alle Fohlen da und im Winter wird es auch kein Winterfohlen geben. Da haben unsere Menschen diesmal sehr aufgepasst, dass das nicht wieder vorkommt.

Im Juli durfte Etienne, der jetzt zweieinhalb Jahre alt ist, seine ersten Stuten decken, Leonore und Harmony werden nächstes Jahr von ihm ein Fohlen bekommen. Da sind wir doch alle sehr gespannt. Etienne ist ein Naturtalent, er wusste genau, wie man eine Stute deckt. Zu mir sagen unsere Menschen, ich soll es mir bei ihm abschauen, aber ich bin der Meinung, so wichtige Sachen muss man selber ausprobieren, denn Decken ist für einen Alpakahengst eine wichtige und anstrengende Sache. Trotzdem hat Etienne es mir in Ruhe erklärt: Erst muss ich bei der Stute, die die

Menschen mir hinstellen, unter dem Schwanz schnuppern, um zu riechen, ob sie gedeckt werden kann. Die Menschen könnten sich ja täuschen. Dann laufe ich hinter ihr her und versuche, auf sie draufzuspringen. Dabei muss ich ein blubberndes, singendes Geräusch machen, damit sie weiß, dass ich sie decken möchte. Dann setzt sie sich, wenn ich Glück habe, recht schnell hin und ich kann es mir auf ihr so richtig bequem machen. Und dann decke ich die Stute zehn bis dreißig Minuten unter lautem Singen. Danach bin ich völlig außer Puste.

Im September durfte ich mit Tante Witty üben, während unsere Menschen einigen Stuten die Fußnägel schnitten. Plötzlich schauten sie auf und waren ganz erstaunt, dass ich richtig am Decken war, dabei sollte Witty ja gar nicht gedeckt werden. So zogen sie mich schnell wieder von Tante Witty runter. Ich muss jetzt wohl bis nächstes Jahr warten. Schade, wenn Etienne Vater wird, möchte ich doch auch Vater werden. Schoko übt, so klein er ist, auch schon immer, wenn wir großen Hengste decken (üben). Er schafft es immerhin, dass sich Stuten, die gedeckt werden wollen, hinlegen, wenn er anfängt zu blubbern und sie anspringt. Unsere Menschen müssen dann immer sehr lachen, wie dieser kleine Kerl auf einer großen Stute hängt.

Im Sommer war viel Besuch mit Kindern da, sodass Etienne und ich und die Jungstuten regelmäßig spazieren gehen durften und es auch Juri beigebracht wurde.

In der ersten Augustwoche gab es fünf Tage lang eine Kinderfreizeit. Es kamen dreizehn Kinder von fünf bis zwölf Jahren. Die Kinder haben die Stuten und Fohlen gefüttert und auf die Elektroweide gebracht, wo sie tagsüber fressen. Dann haben die Kinder gespielt, gebastelt und Geschichten erzählt bekommen. Eine Schnitzeljagd wurde vorbereitet

Schoko mit Witty und Wallenstein

Kinderfreizeit

und durchgeführt und ein Spaziergang mit Etienne und mir gemacht. Wir haben uns vorbildlich ruhig verhalten, damit auch die kleinen Kinder Mut hatten, an unserer Leine anzufassen. Am letzten Tag wurde mit den Eltern zusammen gegrillt.

Seit diesem Sommer gibt es bei den Schönberg-Alpakas auch einen Geocach. Er heißt »Schau mal, wer da spuckt!« Kennt ihr Geocaching? Geocaching ist so etwas wie eine moderne Schnitzeljagd. Im Internet findet man die Ziele und mit einem GPS-Gerät findet man an vorgegebenen Koordinaten »Schätze«, bei denen man sich in ein Logbuch eintragen kann. Dafür wurde auch ein Alpakarätsel erstellt, denn nur, wer das Rätsel in Internet löst, findet den Weg zu unserem Geocach.

Der dritte Herbst

Dann wurde es Herbst. Die Blätter an den Bäumen wurden bunt und fielen langsam runter. Sie sind dann eine besondere Delikatesse. Auch die Äpfel fielen von den Bäumen. Zum Glück schafften unsere Menschen es nicht, alle Äpfel von uns fernzuhalten, sodass wir doch auch in den Genuss von frischen Äpfeln kamen. Wir lernten das Geräusch fallender Äpfel genau kennen. Erst raschelt es in den Blättern und dann macht es plumps, wenn der Apfel auf der Erde auftrifft. Wir stellen dann alle die Ohren auf und einer von uns geht hin, um den Apfel zufressen.

Im Herbst kamen der Geschäftsführer und die Bereichsleiter einer Firma zum Führungstraining zu uns. Das war für die Jungstuten und Juri ein netter Ausflug. Unsere Menschen finden es immer sehr spannend, wie sich die Menschen die Alpakas zum Führen aussuchen und wie gut es dann gerade mit denen geht, die sich richtig gefunden haben. Alle Alpakas haben sich gut benommen, es wurde nicht gespuckt und brav gelaufen, sodass eine große Runde durch die Wiesen zurückgelegt werden konnte.

Die größte Sorge von Menschen, die uns noch nicht kennen, ist ja, dass wir spucken könnten. Ja, wir spucken, wenn wir uns streiten oder wenn uns jemand sehr ärgert. Und die Stuten spucken leider immer nach uns, wenn wir sie decken wollen und die Stuten nicht wollen. Eigentlich ist das völlig ungefährlich, tut gar nicht weh oder so, aber alle finden es so eklig, dass es wunderbar wirkt, auch bei Hunden, die wir nicht mögen.

Jetzt warten wir wieder auf den ersten Schnee, wobei wir hoffen, dass er noch lange auf sich warten lässt, denn wenn

Führungsspaziergang

man nicht den ganzen Tag auf der Weide grasen kann, ist es einfach langweilig. Aber wenn es schneit, müssen wir von unserer Sommerweide, auf die Etienne und ich im Mai gebracht worden waren, wieder zur Hütte zurück und dann sind wir alle wieder zusammen. Darauf freuen wir uns.

In diesem Herbst kam der Schnee so plötzlich, dass bei unserem Unterstand an der Hütte zu diesem Zeitpunkt noch ein Zaunstück fehlte. So mussten wir noch ein paar Tage mit Heu im Schnee verbringen. Das war bei unserer dicken Wolle kein Problem. Dann wurden wir zur Hütte gebracht und haben uns gefreut, mit den Stuten und Fohlen wieder Wand an Wand zu wohnen. Da fühlt man sich mehr als große Alpakaherde. Ein Teil der Stuten war allerdings noch auf der Halde.

Weihnachten lag in diesem Jahr richtig Schnee. Nachdem unsere Menschen Heiligabend im Stall bei unserem Bauern Weihnachtslieder gesunden und die Weihnachtsgeschichte gehört hatten, kamen sie noch zu uns und haben uns auch Weihnachtslieder gesungen. Auch auf der Halde. Da spitzen wir immer genau die Ohren und genießen die friedliche Nacht an Weihnachten! Wir kennen das jetzt schon, aber für die Fohlen ist es immer ganz spannend. Sie sind um unsere Menschen rumgelaufen, um rauszufinden, wo diese schönen Töne herkommen.

Der dritte Winter

Neben uns wurde tagsüber immer wieder gesägt, gehämmert und geschraubt. Die neue Hengsthütte war in Arbeit. Wir haben sie regelmäßig begutachtet. Im Neuen Jahr wurde sie dann endlich fertig und wir konnten einziehen. Wirklich schick, stabil und wasserdicht. Jetzt konn-

Juri spitz die Ohren, hört er schon Weihnachtslieder?

Viel Schnee an Weihnachten

ten auch die restlichen Stuten von der Halde in die Hütte umziehen. Da wurden viele Hände gebraucht, um die ganze Gruppe zu führen. Es war auch ein peruanisches Ehepaar aus Lima, der Hauptstadt von Peru, dabei, das in Deutschland zu Besuch war und zum ersten Mal in seinem Leben lebende Alpakas sah. Da haben wir doch alle gestaunt. Denn wir Alpakas stammen aus Südamerika. Unsere Vorfahren haben in Peru und Chile in den Bergen gelebt und erst seit gut dreißig Jahren werden wir auch in Europa gehalten.

Seit wir nun in unserer Hengsthütte mit Stutenblick leben, haben wir auch die Stute Lara näher kennengelernt. Laras Mutter ist Leonore, das wissen wir. Ihren Vater kennen wir nicht, vermuten aber, es ist ein Enterich. Sobald Lara die Möglichkeit hat, an unseren Zaun zu kommen,

Jason und Etienne wieder bei den Stuten

schnattert sie los. Ohren nach vorne, Schwanz hoch, auf die Zehenspitzen stellen, schöne Augen machen und schnattern. So hat sie uns im Winter täglich die Ohren vollgeschnattert. Am Anfang haben Etienne und ich uns dann jedes Mal gestritten, wessen Stute sie ist, aber bald wussten wir, dass sie zurzeit keiner von uns bekommt, und haben uns ganz cool verhalten.

Der dritte Frühling

Im Frühjahr durfte Etienne dann Lara decken. Das hat er auch gemacht, es war aber sehr anstrengend, bei der dicken Wolle und der Wärme, die wir hier im April/Mai hatten. Lara war jedes Mal ganz begeistert und kam freudig angeschnattert. Nach ein paar Mal hat Etienne sich überhaupt nicht mehr für sie interessiert. Erst waren unsere Menschen irritiert, dann haben sie gestestet, ob Etienne andere Stuten decken würde (hätte er getan), und dann haben sie eine weise Entscheidung getroffen. Sie haben angenommen, dass Etienne wusste, das Lara trächtig war und er sie nicht mehr decken muss. So war es dann auch.

Das Warten auf die Fohlen begann dieses Jahr sehr gründlich. Das erste Fohlen sollte Mitte April auf die Welt kommen. Aber Jessie ließ sich Zeit. Fünf Wochen lang haben unsere Menschen gewartet und geschwitzt (wir auch), denn es war so warm im April/Mai. Nach vier Wochen begannen unsere Menschen sich wirklich Sorgen zu machen. Aber alle Tierärzte und befragte Alpakazüchter empfahlen ihnen abzuwarten. Und dann kam das Fohlen am ersten kalten, regnerischen Tag, sodass Janita (so heißt die Kleine) trocken geföhnt werden musste.

Jessie und Janita

Zehn Tage später kam dann schon das nächste Fohlen, diesmal zu früh. Clarissa war das erste Fohlen von Clarendon, die ein Euter wie eine Ziege hatte, sodass Clarissa sehr schnell wachsen konnte, weil sie ganz viel Milch bekam. Die beiden Fohlen haben sich schnell angefreundet und gemeinsam die Welt erkundet.

Und dann kamen im Abstand von jeweils ca. vierzehn Tagen Henrike, Löwenherz und Hanibal auf die Welt.

JASON WIRD VATER

Der vierte Sommer

Einmal haben die Stuten und Fohlen mit einem unserer Menschen verstecken gespielt. Abends kam er zur Weide und stellte fest: Leonore und Löwenherz waren noch auf der Weide. Wo waren die anderen? Im Unterstand waren Harmony und Hanibal. Aha. Dann waren die anderen wohl in der Hütte. Aber, die Hütte war leer. Sie konnten doch nicht weg sein, also noch mal auf der Weide nachschauen – keiner da, denn Leonore und Löwenherz standen inzwischen neben ihm, Harmony und Hanibal im Unterstand. Alle Tore waren zu, wo konnten sie sein? Ach ja, das Tor zum Hengstunterstand war offen, aber keiner auf der kleinen Weide dort zu sehen. Also ein Blick um die Ecke. Da saßen sie: drei Stuten und drei Fohlen dicht gedrängt in der Hengsthütte und schauten raus nach dem Motto: Es ist super kuschelig hier zu sechst, wir waren auch ganz still, damit du richtig nach uns suchen musst.

Als dann auch noch Eva und Esmeralda da waren, wurde der Test gemacht: Wie viele Alpakas passen in die Hütte? Problemlos zwölf, wenn sie sich gut verstehen. Sie hätten auch in den Unterstand gehen können, aber am schönsten ist es einfach, wenn alle zusammen sind. Immer Mutter und Fohlen zusammen. Dabei gibt es die verschiedensten Möglichkeiten, wie dieses »zusammen« aussehen kann.

Im Juli durften Etienne und ich zum Decken auf die Halde. Ich durfte Shiva decken, die jetzt leider zwei Jahre kein Fohlen bekommen hat. Zur Übung durften Erle und

Zum Schlafen muß man sich richtig hinlegen

Mama als Kopfstütze

Mit Mama im Rücken fühlt sich Janita sicher

Halina zuschauen, was sie auch sehr interessiert und gründlich gemacht haben. Sie haben vorne und hinten an uns geschnuppert, aber nicht rausbekommen, was wir da machten. Beim zweiten Besuch eine Woche später durfte ich Erle decken. Lara stand außerhalb des Geheges und hat uns wieder die Ohren vollgeschnattert, allerdings im Gegensatz zum Winter mit nach hinten gelegten Ohren. Bei Frauen muss man doch auf feine Nuancen in der Kommunikation achten!

Im August war dann wieder die Kinderfreizeit. Dieses Mal zwei Wochen. In der ersten Woche waren es vierzehn Kinder, eher jüngere, in der zweiten Woche waren es etwas ältere und viele Jungen. Morgens haben sie die Stuten und Fohlen auf die Elektroweide gebracht und nachmittags zurückgeholt. Dazwischen wurde gespielt, gebastelt und gevespert, gesungen, vorgelesen und gefilzt.

Der Alpakaspaziergang war jeweils etwas ganz Besonderes. In der ersten Woche sind Etienne und ich mit den vierzehn Kindern gelaufen. Es war eine große Runde mit Pausen, fast zwei Stunden waren wir unterwegs. Die Kinder haben uns meist zu zweit geführt und wir waren super brav und rücksichtsvoll. In der zweiten Woche sind sie mit den Jungstuten gegangen, da konnten immer fünf Kinder ein eigenes Alpaka führen, unterwegs wurde abgewechselt. Ein besonderer Moment war es auch immer, wenn die Säcke mit Alpakawolle geöffnet wurden und die Kinder nach Herzenslust mit der Wolle spielen, basteln oder sie einfach nur fühlen durften. Die Schatzsuche und das Grillfest mit den Eltern am Freitagnachmittag durften natürlich nicht fehlen. Zwei wirklich gelungene Wochen. Am Ende waren die Fohlen insgesamt viel ruhiger in der Gegenwart von Menschen.

Jason darf Erle decken und Halina schaut zu

Alpakaspaziergang

Der vierte Herbst

Im September durften Etienne und ich verreisen. Für eine Woche sind wir auf einen anderen Alpakahof umgezogen. Etienne sollte dort zwei Stuten decken. Das war ein echtes Abenteuer. So viele fremde Alpakas, auch Hengste und hübsche Stuten, Ziegen und Esel. Aber wir sind dann doch gerne wieder zu unserer Herde zurückgekommen.

Als wir wieder zu Hause waren, konnte ich meine Tochter begrüßen. Stellt euch vor, ich habe im letzten Jahr Tante Witty doch richtig gedeckt, obwohl unsere Menschen mich von ihr runtergezogen haben. Tante Witty hat ihr Fohlen diesmal ganz alleine und ohne Tierarzt auf die Welt gebracht. Unsere Menschen waren sehr erstaunt, dass sie dunkelbraun ist. Sie hat die Farbe von ihrer Großmutter Jessie (meiner Mama) geerbt. Sie hat wunderschöne dichte Wolle mit Crimp. Leider gab es wieder Probleme mit Tante Wittys Euter, sodass die kleine Winona aus der Flasche trinken lernen musste. Nach einer Woche hatte sie es gelernt, man musste ihr jetzt nur noch den Sauger hinhalten und sie trank dann von selber.

Als Winona eine Woche alt war, haben unsere Menschen sie auf die Weide mit den anderen Fohlen geführt, damit sie Spielkameraden hat. Sie ist in ihrem kleinen Führgeschirr interessiert und fröhlich den ca. eineinhalb Kilometer langen Weg völlig problemlos mitgelaufen. Mit den Hengstfohlen Löwenherz und Hanibal hat sie sich toll angefreundet. Die beiden spielen viel mit ihr, obwohl sie fast drei Monate älter sind. Das freut mich sehr für meine kleine Winona. Im Herbst war das Füttern von Winona mit der Flasche die große Attraktion bei allen Kindern, die hier zu Besuch waren.

Tante Witty und Winona werden zur Weide geführt

Winona wird mit der Flasche gefüttert

Der Herbst war lang und golden. Noch im November konnten alle auf der Weide sein. Trotzdem erwarten unsere Menschen einen kalten Winter, denn es gab viele Nüsse, Kastanien und Eicheln. Es ist alles vorbereitet, die Hütten sind gerichtet und das Heu liegt bereit, warten wir es ab.

Der vierte Winter

Im Winter ist das Alpakaleben ruhig und beschaulich. Wir sind viel im Stall bei unserem Heu, fressen, schlafen und käuen wieder. Letzteres ist ein gemütliches, soziales Ereignis, bei dem wir alle zusammensitzen und das Heu des letzten Tages noch mal gut durchkauen und durchschmecken. Unser Unterkiefer bewegt sich einmal rechts herum und einmal links herum in einer Lemniskate. Da auf der Weide kein Gras mehr zu finden ist, interessiert sie uns nicht mehr so sehr. Die Nächte sind sehr lang und dunkel. Das ändert sich bei Schnee und Vollmond. Dann ist es so hell, dass wir die ganze Nacht sehen können. Der Mond hängt wie eine große Laterne am Himmel. Es ist eine schöne, geheimnisvolle Stimmung, die auch unsere Menschen lieben.

Wenn wir wegen schlechten Wetters und Schneefall einige Tage nicht raus können, verschaffen uns unsere Menschen manchmal Bewegung. Dann machen wir Freudensprünge, wenn wir über die schneebedeckte Weide laufen.

Im Winter sind wir gut warm in unserer feinen weichen Alpakawolle verpackt, müssen nicht schwitzen und haben keine Lästlinge (Fliegen, Bremsen etc.), die uns stören. Da geht es uns richtig gut. Im Winter war noch niemand von uns krank.

Im letzten Winter hatten wir hier allerdings -20 °C wäh-

Schneebedeckte Weiden

Sehr beliebt auf der Weide sind die Hügel

rend einiger Tage. Da haben Leonore und Shiva gefroren. In dieser Zeit ist auch unsere Tränke über Nacht so eingefroren, dass unsere Menschen immer mit einer neuen Tränke kommen mussten und die zugefrorene zu Hause aufgetaut haben.

Da wir im Winter im Stall sind, wo unsere Menschen uns das Heu bringen, werden wir in dieser Jahreszeit immer zutraulich, worüber unsere Menschen sich freuen. Wir brauchen dann nicht so viel Sicherheitsabstand zu unseren Menschen wie im Sommer, wenn wir auf den großen Weiden etwas verwildern. Jetzt beginnt auch wieder das Training der Fohlen an Halfter und Leine. Erst üben unsere Menschen mit den Fohlen, dann dürfen auch Gäste mit ihnen üben.

Bei kleinen Ausflügen auf der Weide sehr beliebt sind unsere drei Hügel. Auf ihnen springen und turnen wir rum oder verteidigen sie gegen andere, die auch hinauf wollen.

Ende Februar durften Clarissa, Janita und Löwenherz nach Ilshofen auf die Alpakaschau fahren. Das war für alle eine sehr spannende Sache. Die Alpakas werden dort hinsichtlich Körperbau und Wollqualität bewertet.

Dort haben Clarissa und Janita tatsächlich in ihrer Alters- und Farbklasse jeweils den zweiten Platz bekommen. Zwei schöne Schleifen hängen jetzt bei unseren Menschen im Esszimmer. Janita hat dann noch den zweiten Platz altersunabhängig in ihrer Farbklasse bekommen. Über diesen Zuchterfolg in unserer Herde haben wir uns sehr gefreut.

Als Clarissa aus dem Schauring zurück in die Box geführt wurde, kamen ganz viele kleine Kinder, die die geduldige Clarissa anfassen wollten. Da stand sie dann mit zehn und mehr kleinen Händen im Fell, die die weiche Wolle fühlen wollten und zu glücklich strahlenden Kindern gehörten, die von ihren Eltern fotografiert wurden.

Der vierte Frühling

Im Frühling können wir es kaum noch erwarten, raus auf die Weiden zu kommen und das erste frische grüne Gras zu fressen. Nur leider müssen wir immer eine ganze Weile warten, bis unsere Menschen die Tore zu den großen Weiden öffnen, denn sonst fressen wir immer die ersten Grashalme gleich ab und es wächst nie richtig kräftig nach. Auch liegen wir dann gerne ganz flach auf der Weide, den Bauch der Sonne zugewendet, und dösen vor uns hin. Nur sollte es im April noch nicht zu warm werden, denn wir haben dann alle sehr viel Wolle und müssen arg schwitzen, wenn es sehr warm wird. Besonders die Schwarzen unter uns leiden dann und Clarendon trinkt dann Wasser wie eine Kuh, sodass unsere Menschen Mühe haben, genug Nachschub zu bringen.

Zum Glück kommt dann ja immer der Schertag und danach sind wir schlank, leicht und fein, viel wendiger und beweglicher und wir genießen das schöne Wetter dann noch mal besonders. Die Fohlen machen dann noch mal einen richtigen Wachstumsschub, wenn sie geschoren sind. Wenn es dann regnet, sind wir allerdings alle sofort im Stall, denn das Wasser auf der Haut sind wir noch nicht gewöhnt. Dieses Jahr kam unsere Schererin nicht mehr, sondern zwei Männer mit einem praktischen Schertisch. Sie waren ganz besonders zügig mit uns fertig. Unsere Wolle wurde in diesem Jahr erstmals nicht nur zu Handstrickgarn, sondern auch zu Bettdecken verarbeitet. Unsere Menschen testen die Betten in verschiedenen Wärmequalitäten. Sie sind sehr leicht und anschmiegsam. Mal sehen, vielleicht gibt's nächstes Jahr mehr davon.

Jason vor dem Scheren

Die Stuten nach dem Scheren

Der fünfte Sommer

Das schöne am Sommer sind die Alpakafohlen und die saftigen Weiden.

Es ist eine spannende Zeit: Wann wird das nächste Fohlen auf die Welt kommen? Geht alles gut? Brauchen Mutter oder Fohlen Hilfe?

Wie schön, wenn dann alle gesund sind und die Fohlen fröhlich über die Weide flitzen. Mit Linus haben unsere Menschen eine besondere Überraschung erlebt. Mit der Mutter-Kind-Beziehung hat es am Anfang nicht so richtig geklappt und auch nicht mit dem Trinken. Schließlich haben unsere Menschen akzeptiert, dass Linus die Flasche braucht, um zu wachsen, und haben seine Mutter zusätzlich vom Tierarzt homöopathisch behandeln lassen. Nach vier Wochen sahen sie plötzlich, dass Linus bei seiner Mutter trank. Daraufhin haben sie ihm die Flaschenmilchrationen Tag für Tag verkleinert und Linus' Gewicht durch Wiegen überprüft. Nach eine Woche konnten sie das Füttern einstellen. Jetzt sind Linus und seine Mutter auch unzertrennlich, so, wie es bei jedem normalen Fohlen und seiner Mutter sein sollte.

Ende Mai, Anfang Juni gab es bei uns die erste Woche Ferienfreizeit für Kinder. Das war ein buntes Leben bei uns auf der Weide und alle Kinder waren überglücklich, einmal ein Fohlen (Linus) mit der Flasche füttern zu dürfen.

In diesem Jahr gibt es bei uns eine neue Sorte Alpaka: ein Haubenalpaka. Es handelt sich um eine spezielle Sorte, die es nach unserem Wissensstand nur bei uns gibt und die am Kopf besonders resistent gegen Fliegen und Bremsen ist. Lara trug viele Wochen ein Halfter mit einem speziell zugeschnittenen Fliegenschutznetz. Die Wirkung ist zuverlässig und optimal. Im August gab es diese Sorte dann auch noch in klein, als Linus die Fliegen zu viel wurden.

Ab Anfang Juli kamen dann die anderen Alpakafohlen. Erst Jasmin, dann El Hakim, danach Selina. Jasmin war am Anfang sehr schreckhaft, wenn auch neugierig. Sobald Hakim da war, hatte sie jemanden, mit dem sie zusammen die Welt erkunden konnte, und wurde viel ruhiger und mutiger. Hakim und Selina sind Enkel unserer Jessie und haben wie ihre Oma einen weißen Fleck im Gesicht. Bei Selina ist es der Unterkiefer, bei Hakim ist es ein kleiner Schnurrbart an der Oberlippe. Beide haben ein paar weiße Haare wie Hörner auf der Stirn. Diese kleinen Flecken machen die beiden besonders liebenswert.

Während der Kinderfreizeit im August haben die Kinder täglich auf Clarendons Fohlen gewartet, das aber nicht kam. Dafür kam ganz unverhofft die kleine Helena. Am letzten Tag der Kinderfreizeit konnten alle Helena bestaunen, auch die Eltern, die zum abschließenden Grillfest gekommen sind. Clarendon hat ihr Fohlen (Don Camillo) dann ganz in Ruhe am Tag nach der Kinderfeizeit bekommen.

Da Heidi die ersten Tage mit Helena und Clarendon mit Don Camillo zusammen waren, getrennt von den anderen Stuten mit Fohlen, haben sich Helena und Camillo so richtig gut angefreundet. Wir sehen sie oft zusammen. Don Camillo wickelt mit seinem unwiderstehlichen Blick jeden um den Finger.

Im August ist ein neuer Hengst zu uns gekommen, offiziell heißt er Leajay Striker. Er stammt aus Neuseeland, hat wunderschöne Wolle, etwas heller als meine, schöne Augen

Lara mit Fliegenschutznetz am Kopf, Linus trinkt

Der kleine springt über die Weide

und einen sanften, selbstbewussten Charakter. Da sich unsere Menschen mit diesem Namen aber gar nicht anfreunden konnten, nennen sie ihn jetzt Sancho. Auch wir finden, der Name passt zu ihm. Als unsere Menschen ihn mit Etienne zusammengelassen haben, hat Etienne ihn vier Runden um die ganze Weide gejagt. Danach war Etienne müde und hat beschlossen, dass es besser ist, sich mit Sancho anzufreunden. Seitdem gab es keinen Streit mehr zwischen den beiden und sie grasen friedlich nebeneinander.

Ich war nicht so schnell bereit, meine Weide mit einem neuen Hengst zu teilen. Erst wollte ich ihn decken, habe dann aber gemerkt, dass das irgendwie doch nicht so richtig ist, und wollte ihn dann vertreiben. Sancho stand dann laut rufend am Zaun. Unsere Menschen haben uns dann alle drei auf eine große Weide weit ab von allen Stuten gebracht. Dort konnten sie beobachten, wie wir täglich mehr zueinanderfanden. Jetzt sind wir immer in derselben Ecke der Weide zu sehen und Sancho kann ungestört auch unsere Lieblingsplätze wie Wälzplatz und Unterstand nutzen. Es ist nicht sinnvoll, sich länger zu streiten. Mit Freunden kann man besser zusammen auf einer Weide leben und Sancho ist wirklich ein netter Kumpel.

Auf der Weide, auf der wir jetzt sind, ist ein schöner Wälzplatz, auf dem unsere Menschen im letzten Jahr ein Feuer gemacht haben. Dieses Jahr wälzen wir uns alle in der Asche, sodass Etienne nach grauem Alpaka aussieht. Bei Sancho und mir fällt das nicht so auf. Unsere Menschen hoffen, dass die Asche-Kur unserer Haut guttut, denn bei Etienne konnten sie sehen, dass er bis in die Ohrmuscheln hinein grau war. Der Nachbar, der nebenan die Puten hält, dachte, wir hätten außer Sancho noch einen neuen grauen Hengst.

Linus übt auf Harmony decken

Helena und Camillo

Jason sucht Abkühlung bei heißem Wetter

Was sind das für fremde Wesen?

Der fünfte Herbst

Der August war in diesem Sommer sehr heiß, alle haben geschwitzt, aber dann kam auch schon der Herbst. Morgens war es neblig und abends wurde das Licht immer goldener. Auf unsere Weide, der Halde, gab es Pflaumen, Äpfel und Birnen und schließlich fielen bunte Blätter von den Bäumen. In diesem Jahr haben wir Pflaumenessen gelernt. Wir kauen sie, als hätten wir heiße Kartoffeln im Maul sagen unsere Menschen und beobachten fasziniert, wie der Kern uns dann lässig seitlich aus dem Maul fällt. Morgens und abends kontrollieren wir den Pflaumenbaum und sorgen dafür, dass keine Pflaume lange auf dem Boden liegen bleibt. (Eigentlich dürfen wir ja keine Pflaumen essen, aber unsere Menschen schaffen es nicht, jede einzelne vor uns in Sicherheit zu bringen.)

Im Oktober zogen dann drei kleine Zicklein auf der Halde ein. Jetzt beobachten wir uns immer gegenseitig sehr genau. Lustig, wie die so leise vor sich hin meckern und auf ihrer Hütte stehen, statt sich reinzusetzen.

Zu unserer Herde gehören auch die Katzen Pius und Mia. Sie leben auch in unsere Hütte und verstehen sich bestens mit uns. Mia wird immer zutraulicher und Pius ist der größte Schmusekater, den wir kennen, wenn er nicht gerade einen mehrtägigen Ausflug macht. Die beiden haben in der Hütte eine Schale mit Trockenfutter stehen. Im September war diese Schale eines Morgens ganz leer und sauber ausgeleckt. Dieses Phänomen trat nun jede Nacht ein, manchmal auch über Tag. Es musste ein großes Tier sein, das mehr Hunger hatte als die beiden Katzen zusammen. Unsere Menschen haben versucht Durchschlupfmöglichkeiten in den Stallwänden zu schließen und das Futter hochzustellen, nichts half. Sie dachten, wir müssten Angst haben vor dem großen Besucher, aber wir haben niemanden gesehen, was wir ihnen aber nicht gesagt haben.

Nach einigen Wochen hat ein Mensch im Stall etwas umgeräumt und dabei einen Balken, der auf dem Boden lag, verschoben. Darunter kamen lauter Haufen mit Katzenfutter zum Vorschein und eine kleine braune Maus lief verärgert davon. Na so was! Jetzt konnten unsere Menschen den Katzenfutterdieb mit einer geeigneten Falle fangen. Und nicht nur den: Über dreißig Mäuse haben sie um unseren Stall herum gefangen. Pius und Mia sind wohl sehr faul geworden.

Ende Oktober hatten alle Bäume noch ihr schönes, golden-rotes Herbstlaub und da fing es plötzlich zu schneien an und hat gar nicht mehr aufgehört. Insgesamt waren es sicher dreißig Zentimeter Schnee, die an einem Wochenende langsam herabgeschneit sind. Da die Bäume noch Blätter hatten, wurden sie immer schwerer und die Büsche haben sich immer tiefer zur Erde geneigt. Schließlich fiel direkt vor unserer Hütte eine Kirsche langsam um und hat den ganzen Zaun mit zu Boden gedrückt, und gleich dahinter fiel noch eine Kiefer um. Unsere Menschen räumen das nun alles auf und stellen den Zaun wieder hin. Die Kirschzweige mit den bunten Blättern haben sie uns liegen gelassen, da sie wissen, wie sehr wir diese Blätter lieben. Inzwischen sind alle Blätter abgezupft und gefressen. Da hatten wir viel Freude bei.

Nach dem Schnee kamen noch schöne sonnige Herbsttage, aber jetzt wissen wir – es wird bald Winter und Weihnachten.

Etienne, Sancho und Jason

Eine Delikatesse: Kirschzweige mit bunten Blättern

Liebe Alpakafreunde, liebe Kinder, so geht wieder ein Jahr bei uns Schönberg-Alpakas vorüber. Im nächsten Jahr wird es wieder spannende Erlebnisse und süße Fohlen geben. Vielleicht könnt ihr mal in eurer Nähe einen Hof mit Alpakas besuchen und sie selber beobachten oder mit ihnen einen Spaziergang machen. Wir werden immer häufiger in Deutschland, denn immer mehr Menschen erfreuen sich an uns. Wir fühlen uns hier wohl, wenn wir artgerecht gehalten werden und die Menschen mit unserer Anwesenheit erfreuen können.

Ich wünsche Euch im Namen aller Schönberg-Alpakas alles Gute und verabschiede mich von euch.

Euer Jason